천년의 시 0110

침엽의 생존 방식

천년의시 0110

침엽의 생존 방식

1판 1쇄 펴낸날 2020년 8월 30일
지은이 박인숙
펴낸이 이재무
책임편집 차성환
편집디자인 민성돈, 장덕진
펴낸곳 (주)천년의시작
등록번호 제301-2012-033호
등록일자 2006년 1월 10일
주소 (03132) 서울시 종로구 삼일대로32길 36 운현신화타워 502호
전화 02-723-8668
팩스 02-723-8630
홈페이지 www.poempoem.com
이메일 poemsijak@hanmail.net

박인숙ⓒ, 2020, printed in Seoul, Korea

ISBN 978-89-6021-507-8
     978-89-6021-105-6 04810(세트)

값 10,000원

침엽의 생존 방식

박인숙 시집

천년의 시작

벼린 행보다
꽉 찬 행간이면

꽃보다 박힐 가시이면

차 례

시인의 말

제1부

아침 묘지 ——— 13

영종도 가는 길 ——— 14

침엽의 생존 방식 ——— 16

지금은 빈터 ——— 18

기슭 ——— 20

화공畵工 ——— 22

그를 나르는 꿈 ——— 23

전설의 엔딩 ——— 24

그녀의 독법 ——— 26

바다 한 점 ——— 27

우엉차 ——— 28

아지랑이 필 때 ——— 29

오월의 하루 ——— 30

도화 ——— 32

샘이 있어 ——— 33

제2부

흰 구름 ——— 37

석양 없이 맞은 ——— 38

어느 봄날 ——— 39

허무 농도 ——— 40

불멸의 연인 ——— 42

이면 ——— 44

석양 녘 ——— 45

바람 든 숲 ——— 46

지게 ——— 47

청암사淸岩寺 ——— 48

채송화 ——— 50

뉘앙스 ——— 51

뽕브라 ——— 52

詩詩한 섹스 ——— 54

체인점 시대 ——— 56

제3부

별이 빛나는 밤 ——— 59

창세기 다섯째 날 밤 지구에는 ——— 60

안개의 시간 ——— 62

용주골 ——— 64

자유로 ——— 66

파주 ——— 68

쑥 이야기 ——— 70

기와집 ——— 72

해바라기 ——— 73

삼도천에 닿다 ——— 74

달 ——— 75

먼 이사 ——— 76

늦깎이 ——— 78

낡은 소파 ——— 79

숲에서 ——— 80

제4부

억새에게 ——— 85

섬 ——— 86

시월 ——— 87

11월 ——— 88

흙길 ——— 90

흰죽 ——— 91

낙엽 한 장 ——— 92

이연異緣 ——— 94

이명耳鳴 ——— 95

늪 ——— 96

밤비를 듣다 ——— 98

견인되다 ——— 100

그날의 커피 ——— 101

쉰 해 ——— 102

폭설의 이유 ——— 104

해 설

문종필 우물에서 일어서는 나르킷수스 ——— 106

제1부

아침 묘지

묘지에게 아침이 무슨 의미냐고?

이 집의 주인은
이제 밥을 짓지 않는다네
아침마다 아들을 태워 지하철역까지
데려다주지 않아도 되며
산책을 나갈까 말까 고민하지 않는다네

그녀가 이 산으로 오기 전 앓았던 심장 질환은
흙이 맥을 짚자마자 사라졌고
그녀의 생에 넘치던 불안과 우울은
흙의 품에 안겨 잠들었다네

그보다 눈 뜨지 않아도 되는 평안이여!

더 이상 배고플 일 없는 아침 묘지 앞에
꽃 대신 바치는 화사한 상상想像들

세수를 마친 그녀의 얼굴 솜털이 반짝 빛나네

기척 없이 누워있는 물음표가 웃네

영종도 가는 길

정주할 수 없는 유목의 피가 흐르는 땅,
이곳으로 향한 길은 지상을 버려 자신을 증거한다

길은 연을 매단 연줄처럼 외길

본래 하나였던 하늘과 바다,
다시 한 몸이 되고 싶은 바다의 모의가 깊어질수록
길은 더 많은 바람을 가슴에 안는다

바람은 지구의 피돌기,
거역할 수 없는 피의 끌림으로 먼 인류가 바람으로
떠돌았듯이, 미지迷地는 이미 내 안에 있었다

이 길의 바깥은 나의 바깥

바람을 안고 중력을 거슬러 오르는 연처럼
일상과 고도를 달리하여 만나게 될 내 안의 나

낯선 거리에서 발견될 나의 눈 속에는
내가 꿈꾸던 항로가 담겨 있을까

\>

저마다의 바깥을 향해

날아올라야 하는 것들이 몰아쉬는 가쁜 숨 가득한 이 길

땅을 박차고 하늘로 향하는 이 길의 끝으로

바람의 영혼을 풀어놓는다

침엽의 생존 방식

활엽을 꿈꾼 시간만큼 목마름도 길어
긴 목마름의 절정에서 돋아난 가시들
침엽은 햇살도 조금 바람도 조금
마음을 말아 욕심을 줄인다

대리운전 하는 내 친구 금자
밤마다 도시의 휘청임을 갈무리하는 사이
보도블록 위에 포장마차로 뿌리내린 민수 씨
그들은 조금 웃고 조금 운다
바람 속에 붙박여 시간을 견디는 일이
침엽의 유전자를 가진 자들의 몫이므로
뾰족이 가둔 눈물이 침엽의 키를 늘이고
세월을 새겨가는 것

그들의 계절에는 극적인 퇴장
화려한 등장 따위는 없다
한가한 날 고작 흰 구름 몇 가닥
바늘 끝에 걸쳐두거나
흐린 겨울 하늘이 너무 시릴 때
눈꽃으로 피사체를 만들어보거나

\>

혹한의 계절에도 홀로
숲의 푸른 내력을 지키는 건 침엽이다
그들의 날카로운 생존 방식이 숲을 깨우고
바람의 깃털을 고른다
햇살도 이 숲에선 금빛으로 따끔따끔 빛난다

지금은 빈터

휘휘 거미줄을 걷어내듯
반나절 포클레인의 분탕질에
허술한 허공이 쏟아져 내렸다
부서진 문짝과 고장 난 냉장고가
꿈을 접고 5톤 쓰레기차에 올랐다
눈치 빠른 바람이 함석지붕 처마 밑 그늘보다
먼저 덕이자원을 빠져나가고
온종일 앞마당에 퍼질러 앉아 누렇게 바랜 활자를 읽던
햇살의 올이 풀려 너덜거렸다
어제까지 서커스단 천막같이 떠들썩하던 여기
멋져야 한다는 강박을 벗어던진 헌 옷이
매일 고압의 스트레스로 속이 시커멓게 탄
무언가의 내장품을 포근히 감싸던 곳
동네보다 먼저 자리 잡아 길을 내고 사람을 불렀지
소화 못 할 잡동사니가 어디 있냐며
기세를 높이던 때도 있었고
고물이 주인이어서 흠집이 훈장이 되는 세상이었지
거미가 죽자 거미줄이 허물어지듯
온 동네 길들이 지도에서 사라졌다
사계절 리어카에 끌려오던 길

그 리어카에 매달려 오던 노인과

그 노인이 돌보던 아픈 막내아들까지

지금은 바람이 머물지 않는 빈터, 햇살만 빈둥거린다

기슭

진달래가 저희끼리 피었다 지고
늦가을에야 정체를 드러내는 억새가 자리 잡은 곳

햇볕이 가장 늦게 들었다가 일찍 떠나버려
여기는 응달이기 일쑤다

지금 응달인 사람들,
편의점 아르바이트 야간조로 일 나간 아들과
조기 퇴직한 가장은 주머니에 손을 넣고 길을 나섰다
오십견 온 가정 경제 때문에
손을 빠져나간 뷔페 접시가 쨍그랑 바닥을 쳐서

마음의 비탈이 가파를 때 설움이 기대는 곳

먼 데 돌아온 바람이 지친 다리를 풀고
주저앉은 무덤 위에 고약 같은 청 이끼가 앉은

이 그늘진 비탈은

응달에서 살다가 응달로 온 사람의 묘처럼

쓸쓸하지만

시간은 고요를 길러 기슭을 달래지

화공畵工

매일 배달되는 한 장의 검은 도화지 속으로
망설임 없이 걸어 들어가는 사내
풍경은 아직 잠들어 있다
그는 우직하고 유능한 화공
여백을 만들면 저절로 풍경이 떠오를 것을 안다
어둠을 쓸어 담는 그의 붓끝은
꽃잎이 떨어지며 눈물지은 자리를 지우고
누군가 쏟아낸 속 쓰린 사연을 헤아린다
수행자가 되어
중생들의 꿈자리가 가지런할 수 있도록
일상의 비듬을 말끔히 털어내는 그의 붓질에
보도블록의 반듯한 이목구비가 떠오르고
거리의 등뼈가 곧게 선다
그의 굽은 등이 차례차례 일으켜 세우는
가로수와 가로등과 첫차와 발걸음 소리
수묵의 세상이 완성될 즈음
홀연 화폭에서 사라지는 형광색 조끼

그를 나르는 꿈

그는 건네는 손이거나 돌아서는 등이다
그의 등 뒤로 멀어지는 발걸음 소리가 매달리고
전세방을 헐어 산 1톤 포터가 시동을 건다
정해진 구역만 맴도는 그는 비둘기의 습성을 가진 사람
678-3번지 지층 1호에서
불법 증축물인 다세대 주택 옥탑방까지
주인이 있는 곳이면 어디든 날아간다
무작위로 주어지는 각양각색의 물건들이
집들의 그림자가 저녁 기슭에 어깨를 기댈 때까지
온종일 그를 몰아세운다
마지막 물건이 "택배요" 그의 입에서 떠나면
건당 수수료 800원을 지푸라기인 양 건건이 모아 물고
보증금 500 월 40만 원의 월세방에 물건처럼 놓인다
그에게 밥을 먹이고
그를 쉬게 하는 물건이 사라지자
주인 잃은 애완견처럼 금단에 시달리는 그
내일 또 주소를 적시하여
그를 부려주기를 기도하는 밤에
물건이 그를 나르는 꿈을 꾼다

전설의 엔딩

남루를 감추기 위해 펄을 짓는 강의 하류
펄 속에서 태어난 물고기는 비늘이 없다
대신 아버지의 그 아버지로부터
물려받은 보호색을 입고 산다
펄이 집이고
펄이 직장인 물고기의 사방이 캄캄하듯
취직 못한 늙은 애의 앞날이 캄캄하다
자연광이 타전되지 않는 펄 속
최저임금의 비늘마저 갖지 못한 그도 하류 태생
휘어지고 미끄러진 게 전부인 가계의 이력 때문인지
존재 자체가 욕이 될 수 있다는 걸 눈치 챈 그가
골방에 자신을 유폐시켰다
가늘게 진화하는 법을 가르쳐온 엄마가
밥상 위에 '개천에서 용 난다'는 전설을
특식으로 차려다 줄 때면
'실개천' '개여울' 따위의 철 지난 노래 같은
아버지의 타박이 후식으로 건네진다
그럴수록 곧추세울 수 없는 자신의 등뼈를 말아
더욱 깊이 펄 속으로 파고드는 물고기
매일 펄 같은 시간이 쌓이고 쌓여

전설의 엔딩이 이무기가 될 거란 예감이 스위치를 켜면

여기저기 펄 속에 살고 있는 그, 그, 그녀들이

부팅, 재부팅을 한다

그녀의 독법

해감된 물고기의 비늘을 벗겨 내듯
침대 위에 펼쳐진 점자책을 읽는다

첫 단락부터 만져지는 부풀었다 꺼져버린 젖가슴과 복부
에 쌓인 지방의 두께로 서사를 짚어가는 여자의 손끝에 날이
선다 간혹 제왕절개 수술 자국을 충수염으로 오독誤讀하기도
하지만 닳아진 지문 위에 덧씌운 돌기는 아주 아날로그적인
이기利器이어서 유독 주름진 부분에서는 책과 손이 깊은 교
감을 나눈다

한 시간 남짓 정독이면서 속독인 여자의 독해에 오돌도돌
일어섰다 스러지는 각질은 앓았던 사랑과 지난 사람의 흔적
처럼 문장이 되지 못하고 흩어진 기호

목차와 단락만 다를 뿐, 다른 책과 엇비슷한 내용의 책들
그 장르가 소설이든 담담한 수필집이든 시집이든 여자가 읽
어온 책은 언제나 욕망과 싸운 전장戰場에 관한 기록 기갈 든
날만큼 푸석해진 문장 위로 물 한 바가지를 뿌려준다 정화수
를 뿌리듯

바다 한 점

생선 가게에서 생선 한 마리를 사왔다
저녁 반찬으로 프라이팬에 굽는다
놈은 아무런 저항이 없다
제 몸에 소금을 뿌려도 쓰리다 파닥이지 않더니
화기가 화끈화끈 제 살을 지져도 돌아눕지 않는다
놈은 벌써 피안彼岸에 든 걸까
접시 위에 올려놓으니 나뭇잎인 듯
흐릿한 그의 눈은 나를 닮았다

놈은 지금 내 배 속에 머물고 있다
바다 한 점이 내 안에 머무는 것이다
바닷속 그가 이루었던 풍경,
먹이와 겨누었던 긴장된 눈빛과
짝을 찾아 헤매인 설레던 시간까지

놈이 나를 떠나면
바다의 기억은 지워질 테지만
남아있는 지느러미의 기억으로
바람결을 헤엄칠 것이다

우엉차

말린 뿌리에 물을 붓는다

아래로 뻗어가던 습성으로
물을 머금은 뿌리가 가라앉는다

흙을 먹고
물을 마시러 아래로 향했을 뿌리
더 깊이
더 어두운 곳에 제 영혼을 묻어
흙의 마음을 이해한 날부터
꽃 피우고 열매 맺을 궁리로 칠흑을 견뎠을 뿌리

손 모은 여자 앞, 일렁이는 촛불 향같이
서서히 피어나는 흙냄새

말갛게 우러난 뿌리를 마신다

나를 꽃피운 어둠 속 기도 같은
뿌리의 마음이 온몸으로 퍼진다

내 몸에 뿌리가 자란다

아지랑이 필 때

먼 허공이 술렁이기 시작하네

바람의 손끝에 간지러움이 묻어
아지랑이, 아지랑이 발음은 곡선이네

몸은 얼 때보다 풀릴 때 더 어지러운가 봐
빙빙 현기증이 대지를 덮네

마음속 잔설까지 다 녹이는 곡선에
사방에서 허물어지는 소리 낭자하네

그 소리에 이랑을 파서
꽃씨를 뿌리고 그리운 이도 심어두고

자욱한 신기루 너머
꽃 그림자, 사람 그림자 막 기다리네

오월의 하루

콰콰콰쾅 하늘에서 운명 교향곡이 울려 퍼졌다
뒤이어 번쩍

식구들이 빠져나간 오전 아홉 시
그들의 흔적이 마른 버짐으로 피어있는 집 안을
부산히 정리하고 있을 즈음
예고 없이 나의 심장을 두드리는 교향곡
일순 세상이 캄캄해지더니 비가 내리기 시작했다
푸석한 나의 일상이 한없이 젖었다

한때 운명의 소리 같은 천둥이 좋았다
천둥 같은 사랑이 좋았다
천둥과 번개가 늘 짝이어서
사랑 뒤에 심장을 가르는 아픔이 매달려 있다 해도
아랑곳하지 않았다, 그때는
내 심장이 천둥이었으므로

살아오면서 몇 번인가 천둥, 번개가 쳤다
그 뒤 오래 비에 젖었던 기억

\>

오늘 수만 빗줄기가 교향곡 속으로 내리고
번개에 감전된 대지의 심장이 쿵쿵 뛰고 있다

도화

저 꽃이 죄인가

내 가슴에 분홍 꽃이 죄지

도화가 피었네

어쩔 수 없네

샘이 있어

솟는다기보다
고인다기보다
스스로 몸을 파서
더운물이 되는 샘이 있어

샘물을 길어 올리는 날은
하루가 아프고 또 흐뭇하다

퍼내어도
퍼내어도
자꾸 차오르는 건 분명 형벌인데

이 샘의 시원始原은
사랑을 앓고 마는 마음이어서
마음을 가진 몸에 샘이 있어서

우리는 모두 출렁이나 보다
소리 없이 흐느끼나 보다

제2부

흰 구름

지평선 돌고 돌 때

길고 길었던 땅 위의 이야기들

훌훌 벗어버린 저 구름

흘릴 눈물 다 흘린

가벼운 혼의 깨끗한 발이

허공을 걸어 이승을 떠나고 있다

석양 없이 맞은

봄꽃 위로 비 내리는 저녁,
후줄근한 장미 울타리가 담장 안을 기웃거립니다

동네는 시무룩합니다

살구 열매는 아직 어려 바라만 보아도 시큼하고
상추가 손바닥으로 빗물을 받아 윤을 내는 동안
감자는 동그란 엉덩이를 흙 속에 단단히 묻었을 겁니다

비 내려 석양 없이 맞은 저녁같이
나이 많은 여자는
돌아오지 않는 식구를 기다립니다

팔뚝에 오소소 소름이 돋는 봄밤,
마음이 아무리 멀리 가도
오늘은 별빛을 만날 수 없을 겁니다

어느 봄날

꽃 핀 산기슭에 너를 묻고
흙을 꾹꾹 다지면서
나의 봄은 퉁퉁 부었다

"황토라 좋네" 생각한 양만큼
가슴에 흙을 얹었다

내려오는 길가에 쑥은
네가 좋아하는 쑥국을 끓이기에는 너무 쇠었더라
담장 위 목련 나무에는 이파리뿐
꽃은 없더라

지금 피어있는 꽃들과
앞으로 필 꽃들은
아무래도 상관없지만

나날이 짙어질 슬픔 같은 녹음緣陰이
마을까지 나를 따라왔다

허무 농도

바람의 등에 올라 수만 리를 날아온 모래 먼지는
사막의 혼魂이자 허무虛無

오늘 도착한 사막은 공검空劍이어서
피 한 방울 없이 나를 벨 수 있다고 한다
먼 사막이 나를 베러 이 도시까지 오는 동안
더러 몽골의 들판이 되어 풀을 키우고
더러 구름처럼 떠돌다가 비가 되어 쏟아지기도 했을 것

사막에서 사막으로 이어진 순례라면
다리를 풀고 주저앉는 순간이 무덤이다

소금 가마니를 지고 터벅터벅 사막을 건너는 낙타의
지친 눈빛과 갈라진 발톱 자국이 찍혔을 모래 먼지가
오늘 내 몸을 제 무덤으로 정한 이유로
나의 하루가 허무에 갇혔고
도시의 변두리를 서성이는 나의 발은
아무리 걸어도 닿는 곳이 결국 사막이다

뉴스 끝머리에 기상 캐스터는

오늘 미세먼지 농도가 높으니
되도록 바깥 활동을 자제하라고 권한다
이미 내 안을 차지한 허무 농도가
미세먼지 농도보다 더 높은 줄 모르고

불멸의 연인

생선 가게 좌판에 누운 그들을 본다

서로의 반쪽을 나눠 가진 채
부둥켜안은 광경은
마치 뭉크의 그림처럼 그로테스크하다

저 자세는 제 속을 다 버리고서야 가능했을 테니

우두커니 시장바구니를 들고 선 내게
그들이 던지는 화두는
입에 침이 고일 만큼 짠 일부일처제

푸른 바다를 닮은 하나의 물고기가
또 다른 푸른 물고기를
제도의 이름으로 부른 이후

반대 방향으로 지느러미를 가진 두 삶이
한 방향으로만 헤엄쳐 여기까지 오다니

자유 대신 불멸을 택한 간고등어 한 손

\>

그들의 염장된 시간이 아직 싱싱하다

노을이 뉘엿이 비치는 마트 창문 너머로
푸른 바다가 출렁이며 오고 있는 걸까

이면

전자 제품 매장 뒤편

폐수가 흐르는 수로를 지나면

버려진 창고에 불법 거주 중인 개 두 마리와 오래된 어둠

사람 발자국에 놀란 개가 컹컹 짖는다

성큼성큼 다가오는 콘크리트 발에

뿌리를 바짝 움켜쥐는 흙처럼

비닐하우스 안 파들은 계절을 잊고 날씨와 상관없이

건강기능식품 같은 인공 비를 먹고 자란다

등산 인구가 늘어나는 만큼 작업 시간을 늘린 공장으로

야간 노동을 실을 트럭이 도착했다

등산복처럼 팔려 나갈 소나무들이 줄을 맞추어 키를 키우고

한우만 사용한다는 고깃집은 마지막 자부심을

현수막에 걸어놓고 문을 닫았다

군데군데 도시가 뱉은 껍데기들이 길고양이를 모으고

퀼트 천처럼 잇대어진 공장과 버려진 창고 사이

주저앉은 늙은 기와집, 그 옆 자동차 수리점

도로에 속도를 돌려준 기름때 전 손이

달달한 커피믹스에 물을 붓는다

도시의 등 뒤에서 그늘에 익숙한 생들이 모여

석양 녘

강변도로를 달리다가 나는 보았다
수만 불나방들의 무덤인 그가
홀로 강둑에 기대 서있는 모습을
한때 그의 광채에 환호하던
나무와 집들은 그를 태양이라 불렀다
뜨거웠던 만큼 상처도 많은 듯
벌써 어둠이 복선으로 깔린 얼굴에는
슬픔이 얼룩얼룩 배어있었다

제 열에 덴 상처는 아무도 치료해 줄 수 없는 법
제 가슴에 잡힌 붉은 물집 뚝뚝 떼어
강물 위에 띄워 보내는 시간
시간은 같은 간격으로 페달을 밟아
조금씩 그와 나를 어둠 쪽으로 몰고 있었다
마지막으로 빛의 기억을 더듬는지
온화해진 그의 손이 흥분했던
지구를 가라앉히고 있는 사이
나는 허둥대고 있었다
후진 기어를 넣을 수 없는 도로 한복판에서
갈팡질팡

바람 든 숲

몸이 근질근질거린다 숲으로 발을 헛디딘 바람 때문에 몸이 가려워 견딜 수가 없다는 듯 숲이 들썩이기 시작한다 잠자던 숲의 혼이 깨어나 무료한 어제를 버리고 이제 떠나려 한다 꿈꾸는 듯 출렁인다 숲의 격렬한 헤드뱅잉은 안간힘으로 붙잡는 뿌리의 아픔을 뿌리치기 위함이다 대기권 밖으로 뻗어있는 바람의 꿈을 좇아 가자 떠나자 어디로든 흥분한 숲이 점점 짐승이 되어간다 숲이 짐승의 목소리로 운다 날아오르고 싶어서 운다

지게

백팩을 지고 출근하는 아들의 뒷모습에서
기억 속 당신의 굽은 등을 봅니다

당신의 등에 뿔처럼 돋아
한숨 한 짐 부려놓고
허공 한 짐 지고 다시 일어서던

당신의 성근 도구에는
궁핍을 감출 포켓도 지퍼도 없었기에
기우뚱거리는 생계를 온몸으로 져 나른 당신을

허리를 숙여야 균형이 잡혀서
분수껏 져야 한다는 걸 알아서
당신은 겸손했던가, 깡말랐던가

식구들의 양식이 꿴 코뚜레,
따뜻한 잠이 굴리는 바퀴

업고 업혀서 지내온 세월만큼
등 쪽으로 휘던 당신 평생의 무기

등짐이 가벼워질수록 근심이 깊어져 늙어갔지

청암사淸岩寺

꼬불꼬불 달려온 산길과
어지러운 발걸음이 청암 앞에 엎드린다

한때 시인이었고
키가 커서 장삼이 잘 어울린다던 여인
'너를 위하여 밝혀 둔 작은 램프 하나'
세상에 시집 한 권 남겨 두고 산으로 간 여인
그녀가 밝혀 둔 작은 램프는
내 마음에 오래 타고 있어서

초겨울 어느 날

대웅전 옆 종무소
승가 대학 쪽을 오래 기웃거렸다
잘 비질된 마당, 붉은 꽃이 피어있는
요사채 어디에도 그녀는 없었다
애초 내가 그녀를 찾을 수는 없는 일이었다

어차피 시늉일 뿐

>
돌담에 올려져 있는 청암지 한 권을 얻었다
어린 예술가의 눈빛을 닮은 초은 스님은
그녀처럼 안경을 끼고 있었다

나는 청암을 마음에 담지는 못했다
다만 돌아 내려오는 길
겨울바람을 맞고 서있는 나목裸木들의 쓸쓸함
그것들만 마음에 가득 채웠다

흘러 흘러오던 계곡물이
청암 가까이에 이르러 신령함을 얻은 듯
냉기 서려 흐르고
그 위로 낙엽이 몸을 실은 것을 보았다

채송화

하필 뙤약볕에 감전되어 필까
울 안의 앉은뱅이꽃
채송화가 웃으면 한여름이다

사는 게 한여름 같은 다빈이 엄마는
아침이 웃기도 전에 새벽 첫차를 탄다
빌딩 청소가 끝나면 식당의 주방 보조 일로

불행은 여름 속 장마처럼 닥쳤다
장대비로 쏟아져
전셋집이 떠내려가고
전세금을 털어먹은 남편도 떠나고
쓸려 가다 쓸려 가다가 멈춘 곳은
곰팡이가 먹어 치운 반지하 월세방

굵은 팔뚝으로 따가운 햇살을 당겨
초록 전선을 건설하는 채송화처럼
늘 씩씩한 작은 몸피

채송화가 웃으면
온 동네 노랑, 다홍 꼬마 전구에 불이 켜진다

뉘앙스

우리 동네 호텔 캘리포니아는 이국적인 휴식의 장소라는 뉘앙스를 풍기네. 비밀 통로를 지나 뉘앙스를 따라가면 커튼에 가려진 소극장들. 하루에도 여러 번 주인공 바뀌가며 성인 연극이 상연되고 있다는 또 다른 뉘앙스, 뉘앙스 사랑 노래가 넘치는 노래방에는 노랫말이 순정을 품어서 이 사랑이 진실이라면 모든 것 다 줄 수 있다고 하네. 2000세대 대단지 내 독점 상가, 파격적인 분양가의 마지막 기회. ○○○ 아파트, 예쁜 여배우가 가슴골이 다 드러나는 드레스를 입고 행복하게 웃고 있네. 전세보다 싼 매매가, 살아보고 결정하세요. 미분양 아파트 광고판 그 아래 신문 가판대에 드러누운 오후 햇살이 경제는 잘 돌아가고 있다는, 이번 정부는 믿을 만하다는 뉘앙스의 활자를 읽고 있네.

뽕브라

이 물건의 사명은 처진 자존심을 받쳐주는 것
시간의 화살을 막기 위한 방패인 셈인데
여자에게서 미를 빼면 뭐가 남니?
D 라인을 향해 가는 나에게 주눅을 강요하는 세상
내용물이 탄력을 잃을수록 뽕은 커져 갈 수밖에

탄력을 가장하는 게 가슴뿐이겠는가
말투에도 뽕을 넣고 걸음걸이에도 뽕을 넣는다
뽕과 뽕이 만나 인사를 하고 뽕과 뽕이 웃는다

우리가 순진을 옹호하는 건
뽕의 치수를 정확히 짚지 말라는 의도 아닐까

나는 이 물건의 이름을 브래지어보다
브라자로 발음하는 것을 좋아한다
이유는 내가 "자" 자 돌림 세대이기 때문
"자야"는 더 정겹다
그러나 이건 좀 억지다
브래지어는 엄연히 외래어

서구 열강의 속박 같다

아! 밤에라도 풀자

詩詩한 섹스

매일 너는 불쑥불쑥 발기하여
내 목을 조른다
보일 듯 말 듯한 실루엣에 침을 삼키며
너의 허리를 끌어당긴다
오늘은 네가 죽든, 내가 죽든
너의 상징을 찾으러
둥그런 유방을 어루만진다
꼿꼿한 유두를 핥으며
너를 만족시키려 안달한다
정성스런 애무에도 꿈쩍하지 않는 너
'어쩌란 말이야'
너의 가랑이를 찢어버리고 싶지만
잠시 요염한 실루엣 위에 걸터앉아 행간을 둔다
다시 너에게 달려든다
나의 혀는 섬세한 붓처럼 너의 혀를 굴린다
체위를 바꿔가며 너를 안는다
있는 힘껏 너의 안으로 들어간다
너의 안은 미로謎路
금방 길을 잃고 만다
제기랄, 나는 손톱을 세워

아직 만들어지지 않은 너의 얼굴을 할퀸다

얼굴에 핏자국이 번진다

피를 흘리며 너는 울고 있다

체인점 시대

점심 때 김밥천국,
메뉴 수만큼이나 다양한 천국은
오래 머물 수 없다는 게 흠이지
김밥만 천국일까?
비빔밥도 천국이고 물냉면도 천국이지
천국이 흔해지니 호기심이 사라졌어

STARBUCKS, COFFEE BEAN, EDIYA COFFEE
1호 가로수 2호 가로수 3호 가로수처럼 늘어선 거리
모퉁이에 PASCUCCI

난해한 바람과 창의적인 하늘을 벗어나
정해진 지하철 노선도를 따라 집으로 돌아오는
이 도시는 어느 도시의 몇 호점일까?
뉴욕 야시장 퓨전 음식이 답을 줄 거야

나도 체인점,
내 삶의 메뉴얼은 당신이 정해 주지

제3부

별이 빛나는 밤

타라스콩이나 루앙에 가려면 기차를 타듯이
별에 다다르기 위해서 죽는 거야
　　　　　　　　　—고흐

황량하고 짙은 푸른 대기
회오리치는 별빛을 배경으로
키 큰 사이프러스 나무가 수호신처럼 서있다
고독한 붓질이 지나간 자리마다
가난을 안고 잠든 집들의 지붕 위로
따스한 별들의 숨결이 출렁인다
그의 생에 한 번도 뜬 적 없는 별이기에
추울수록 더 밝은 채색으로
가슴속에 품고 있던 별빛을 꺼냈으리라

몰락한 그가
밝혀 놓은 별빛이 눈물 그렁그렁 빛나는 밤

창세기 다섯째 날 밤 지구에는

비가 내렸을 것이다
아담을 빛을 흙을 촉촉이 적시고
텅 빈 허공에 빗물이 양수처럼 출렁였을 것이다

오늘 잠 못 드는 귀 큰 창문이
허공 속 빗소리를 듣는다
귀를 통과한 축축한 빗소리가
침대 위에 누운 각질 두꺼운 발을 적시고
온 방을 가득 채운다

발은 직립 이전으로 돌아간다
바람과 건기가 시작되기 전의 동산에서
자유로웠던 발, 그러나
직립의 날만큼 두꺼워진 발
신이 새긴 최초의 족문足紋은 지워지고 없다
원죄 없이 새겨졌던 그 지도 속에는
행복으로 가는 길이 있었다고 전한다

걸을수록 멀어지는 신화의 꿈

\>

먼지 낀 지상의 시간과
고단한 직립의 낮을
맑은 피로 씻어버리자고
오늘 밤, 지구 한 모퉁이가 운다

창세기 다섯째 날 그 밤처럼

안개의 시간

달의 문법으로 씌여진 밤에
산허리를 감거나
마을을 포위하는 안개는
낮고 헐거운 곳을 읽기에 적합하지

밤새 강이 짜는 그물에
언덕에 기댄 풀 이파리와
몸을 숨긴 벌레들의 가는 숨소리가 먼저 걸려들지

골목을 배회하는 상심한 마음처럼
후미진 곳에 쭈그리고 앉아 울기도 하고

먼 곳에선 여전히 네온사인이 춤추지
흥겨운 노래와 저녁상에 차려진 푸짐한 웃음소리가 그치면
결국 혼자가 되는 밤에

안개가 나무를 지우고 거리를 지우고
마을을 차례차례 지워버려도
점점 선명해지는 나를 견뎌야 하는 시간

>

꼼짝없이 들여다본 나의 심연에는

나 이전의 눈물까지 검게 일렁이지

벗어버릴 수 없는 나의 내면처럼

세상이 온통 안개 속이라면

스스로 스러져 밝아질 때까지 기다리는 수밖에

어쩌면 모든 걸 덮어두라는 신호인지 모를 수만 물꽃의 입

자들이

온밤을 웅크린 길고양이의 얕은 잠 속을 드나들며

허옇게 뒤척이지, 허기 때문에

용주골

내비게이션에
용주골을 입력하자
낯선 꽃들의 풍문이 뜬다

어둑한 산길을 달린 바퀴가
전진부대 지나 용주골 삼거리
오래전 여기 미군부대가 있었다지
구제 옷을 걸친 듯 후줄근한 건물들 사이
한때 파도처럼 출렁거렸을 태평양 클럽이
객을 맞는다

길게 누운 골목
커튼으로 낡은 몸을 가린 집들
마음 떠나보낸 것들이 밤을 기다린다
환각의 불빛에 취해 하루치 목숨을 구하던 날들은
돌아선 발걸음과 함께 멀어졌는데

제 빛깔을 모른 채 피었다 진 풍문의 꽃들이
아직도 군사 보호 지역 안에서 유령처럼 떠도는지
늦가을 바람이 닫힌 창을 두드린다

회한으로 주름진 여자
빈방에 홀로 주저앉아 있을 거 같아

자유로

들뜬 바람과 강물과 함께
자유의 가속 페달을 밟는다
햇살의 금빛 웨이브를 타고
파주출판단지 지나 통일동산 지나

양식당인 지중해와
장어를 파는 임진나루 간판 사이에서
굽은 도로는 휘어진 시공간 속으로 달려
나루에 선 마음이 돛단배를 띄워
대양을 품고 부푼다

임진각에 이르자
더 이상 북으로 갈 수 없는 도로
순간 나의 옆구리가
녹슨 철조망에 촘촘히 꿰매어진다

아! 자유로

돌아오는 길
생각이 깊어져 느리게 흐르는 강물이

오래 마른 발의 갈대를 적시고
그래도 남은 미련은 강기슭을
단단히 감아 살얼음으로 껐다

오른쪽으로 강을 건너면 김포, 왼쪽은 고양
바람의 집인 허공과 그 허공을 짚고 사는 새들
좌회전, 우회전이 무의미한 그것들을 남겨 두고
나만 좌회전한다

파주

결국 강이 흐느껴 안개가 핀다

흐르는 것과
따라 흐르지 못하는 것과의 온도 차로
피어난 안개는 지령받은 군인처럼 밤마다
녹슨 철조망을 뛰어넘어 마을로 온다

뿌연 안개 속,
고장 난 안테나로 서있는 검은 나무들과
간이 초소 안 어린 군인의 긴장된 눈빛

안개를 끌고 사라졌던 자유로는 환지통을 매달고 돌아온다
반어법에 익숙해진 안개들이 통일동산을 기어오를 때
위쪽이 고향인 새들은 날아오를 채비를 한다

일찍 수확을 끝낸 농부는 겨울 집으로 돌아가고
텅 빈 들판의 허기를 파고드는 삭풍에
웅크린 집들 창문마다 커튼을 내려
삭풍에 실려 오는 불길한 뉴스에 귀를 막는다
장단콩 축제가 열렸던 장터를 배회하던 소문만

안개처럼 무성할 뿐

짙은 안개 속,
게릴라처럼 모였다 흩어진 발자국들이
떨어뜨리고 간 전단지 속
띄워 보내지 못한 마음들이 찬 바닥에 뒹군다

이때 안개를 뚫고 날아오르는 한 무리의 새들

폐지 더미를 실은 리어카에 몸을 부린 안개는
노인처럼 느리게 파주를 끌고 간다

쑥 이야기

나는 겨울생이다
겨울에 뿌리를 내리고
봄으로 모가지를 뽑는 쑥처럼

나를 낳은 기와집은 집 안에서 성리학 냄새가 났다

갈색 덤불 속 고집 센 풀을 캐러 다닐 열 살 무렵
기와집이 한약을 달이기 시작했고
대청마루 끝에서 등 굽은 할아버지가 붉은 것을 토했다
그해 겨울,
처마에 걸린 조등弔燈이 추워 보였다

덩달아 집의 기둥을 뽑아 대처로 나간 아버지
돌아오지 않았다
집은 망부가를 부르기 시작했고
흔들리던 집은 농협으로 넘어갔다

여자 삼대는 도시의 극빈층으로 이삿짐을 꾸렸고
쑥은 고향에 남았다

\>

쑥쑥 자라지 못해 키 작은 어른이 된 나는
살면서 늘 한약 냄새가 그리웠다
윤기도 찰기도 없는 쑥버무리 같은 날에는
한약 냄새 나는 쑥 캐러 간다, 기억 속 그곳으로

기와집

남도, 어느 산골 마을의 첫 집이었다
위채
아래채
할아버지의 골격을 닮아
꽤 훤칠했던 집

할아버지가 돌아가시고
아버지가 떠난 기와집은
금방 풀이 죽었다

풀 죽은 기왓장은 툭하면 깨졌다
깨진 기왓장을 갈러
지붕으로 오르던 엄마의 발은
사다리의 칸과 칸 사이에서
자주 허공을 짚어 위태로웠다

유독 앞산이 가까워
소쩍새가 기와집의 이마로
쫏쫏쫏 울음을 쏟아놓아
밤새 서러웠다

해바라기

그녀는 구식입니다
유행에 뒤처진 큰 얼굴
품 안 가득 자식들을 안고 태양만을 바라보지만
그녀는 태양을 녹일 청순도 요염도 없습니다
이름이 고작 해-바라기라니요
굵은 뼈마디로 억세게 대지를 밟고 서있는,

유독 꿈자리가 어수선한지 잠꼬대가 심한 여자
평생 제 몫의 흔들림을 다했기에
이제는 일어서지 못하는 여자
새로 얻은 요양병원 침대 다리 네 개로
오늘 밤에도 시장 모퉁이에 좌판을 펼치고
생선 장사를 하고 있을 여자

외면하고 싶은 여자인데

오래전 그녀는 내게로 왔습니다
시간이 지날수록 선명하게 피어납니다
이미 내 삶의 밑그림으로 그려져 있던 그녀였습니다

삼도천에 닿다

한밤중에 눈을 뜬 노인이
요양병원 천장에 매달린 백열등 불빛을 유심히 본다
이승의 빛인지
저승의 빛인지
가늠해 보는 눈치더니 안도한 듯 눈을 감는다

눈을 감아야 알록달록 펼쳐지는 세상
노인이 입술을 씰룩거린다
혀를 톡톡 찬다
꿈속에서 먼저 간 남편을 만났는지
쪼그라든 얼굴 근육이 잠시 펴졌다 접힌다

삼도천에 닿은 침대 한 척,
노인이 저승이라 믿는 이곳은

끼니를 코로 마셔도 이승
누워서 볼일을 봐도 이승
자신이 누군지 몰라도 이승

달

아파트 난간 너머로 달이 왔다. 경남 고성에서 부산 동래구를 거쳐 경기도 일산까지 나를 따라왔다. 고성의 달이 제일 천진난만했다. 망한 집 이삿짐 트럭에 실려 부산에 온 달은 깨진 기왓장 아래 가난이 줄줄 새던 지붕 위로 눈물겹게 떴다.

철이 든 걸까? 냉소적인 표정으로 변해 버린 저 달, 점점 메마른 이 도시를 닮아간다. 알루미늄 새시에 잘리고 콘크리트 어깨에 부딪히는 몸 고생보다 전셋값이 뛸 때마다 마음고생이 더 심했을 저 달. 하필 나를 따라다닌 덕분에 오늘 달의 안색이 창백하다. 양쪽 볼에는 기미 자국이 얼룩덜룩한 게

달아, 우리 노후에는
귀촌도 하지 말고
주택연금도 들지 말고
너무 깜깜한 밤이 오기 전에
뒷산에 올라 편히 쉬자

먼 이사

가난을 포장하여 이삿짐센터에 맡겼지
두려움은 더 꼭꼭 포장하였으나
이삿짐센터에 맡길 수가 없어
품속 아이와 함께 꼭 끌어안고
서울행 기차에 올랐지
기차 속 노모의 주름살이 덜컹일 때마다
한 살배기 아이가 칭얼댔지

남쪽에서도 추웠던 살림살이
북쪽에 펼쳐놓으니
삼월 꽃샘추위에
반지하 전셋집이 오들오들 떨려왔지

십 년쯤 지나 노모는 홀로 먼 이사를 갔지

손때 묻은 수첩이며
비상금 넣어둔 지갑
추억 하나 챙기지 않고

우리는 다시 이사를 하며

노모가 이사 간 그곳은
더 이상 두려움을 꾸렸다 풀었다
하지 않아도 되는 곳일 거라며
이삿짐 속에 궁금함과 그리움을 함께 꾸렸지

늦깎이

들국화를 화단에 심었다

계절이 열리자
찔레 흰 꽃이 오고
덩굴장미 점점이 붉게 지나갔다

한여름 폭염을 삭여
줄기를 짓던 너는

사방에서 국화들이 제 몫의 칭송을 챙길 때도

감감무소식

계절이 문을 닫을 무렵
너의 얼굴이 드러났다
진자줏빛 꽃잎에 노란 꽃술

며칠 뒤
이른 첫눈에 얼어버린 너의 얼굴

울고 있었다, 전생애全生厓가

낡은 소파

우리 집에 온 지 십 년 넘은 가죽 소파
이제는 낡았다
우리 여섯 가족은 그에게 골고루 신세를 졌다
차를 마시고
TV를 보며
가족의 단란한 시간이 앉았던 자리
그중 둘은 영영 소파를 떠났다
가요 무대를 즐겨 보던 할머니와 애완견 해피
아이들이 커서 청년이 되는 것도
그의 몸은 느꼈을 것이다
우리와 그가 가장 많이 스친 자리가
닳아 구멍이 났다
상처란 인연의 대가란 걸 보여 주듯
구멍은 점점 커져 가고
낡아가는 시간이 안타까워
상처 난 그 자리를 쓸어보면
헐렁해진 살 속에 다공의 뼈가 만져진다
관절염을 앓는 노인처럼 엉거주춤
거실의 중앙, 주인처럼 버티고 앉아
시름시름 늙어간다

숲에서

나를 끌고 온 길들이
고요 속으로 둥글게 말려 들어가
나의 살과 뼈가 푹신한 세월 속에 누우면

나뭇잎 필터에 걸러진 순한 햇살과
이파리 하나하나를 세며 오는 바람에
시간의 살들이 알알이 부서지고
삶을 지탱하던 뼈가 중력을 벗을 동안

나의 넋 중,
별을 꿈꾸던 몽상의 넋이 우주로 날아가고

나뭇잎과 햇살로 모자이크 된 돔형의 천장화,
나의 마지막 궁전을 계절마다 다른 색으로 채색해 갈
넋의 화가

그중,
생각이 많아 엉덩이가 무거운 넋만
주저앉아 갈색에 대해 골똘할 테지만

>

나의 삭은 피가 나무의 수액으로 오르는 날

초록 숲의 우듬지에 앉은 넋이
초록 바람이 되어 새처럼 노래할 테지

제4부

억새에게

늦은 계절에
가난한 붓 한 자루가 할 수 있는 일이란
바람의 손에 이끌려 허공을 베끼는 일 외에
달리 무얼 할 수 있을까
자책으로 시작되는 너의 반성문에는
눈물 자국과 서러운 마음이 서걱인다
늦었다, 이미 늦었다고 주억거리는 듯한
너의 고갯짓에
빈손인 내가 너의 마른손을 잡고 말았으니
너의 반성문은 나의 일기장 같은 것
지난날 푸른 물감을 찍어 쓴 우리의 푸른 글들은
색깔이 바래어 무채색이 된 지 오래
이미 떠나버린 시절을 붙잡고
작별이 서툰 사람처럼 텅 빈 들판에 서있는 너
나 대신 흔들리고
나 대신 바람 맞는구나
누가 너의 밑동을 베어주어야
너의 마른 발이 이 시린 땅을 떠날 수 있을까
계절이 깊어질수록 사유가 깊어진 어느 날
너의 굳어진 붓자루가 바람 속에
담백한 필체로 공空을 그릴 수 있을까

섬

탑골공원에는 사시사철 억새가 핀다
돌계단에도 벤치에도 핀다

꽃의 기억도
열매의 기억도 없이
빈 허공을 더듬는 허옇게 팬 머리칼

젊은 날,
물관을 타고 오르던 푸른 꿈과
밤낮없이 수액 퍼 올리던
지난 시간의 노동이 관절염으로 남아
오늘은 잉여로 흔들린다

아직은 지상의 시간을 걷고 있는 마른 발들,
이리저리
바람 방향으로 자세를 고치며
비둘기의 영토에 같이 둥지 튼 억새들

실없는 농담이 서로의 세월을 엮어주어
시든 꿈이 싸구려 담배 연기로 다시 피는
이곳은 희론戱論의 광장, 은자隱子들의 회합지

시월

우리는 파멸로 가는 기차를 탔네

시월의 단풍역에서 잔치를 벌였지

영혼에 노랑, 빨강 물을 들이고
바람의 장단에 맞춰 한바탕 요란한 춤판을

춤판의 끝이 허공이든, 바닥이든

그러자 우리 편인 줄 알았던 태양빛이 점점 멀어져 가고
우리를 다 읽어버린 바람이 손을 터네

파멸의 조짐이 짙어질수록, 우리는
더 빨리
더 신나게
몸을 태웠지

욕망을 실은 기차는 속도를 줄일 수 없었네

우리는 곧장 달렸지

11월

들이마신 햇살의 질량만큼
노란빛을 토해 내는 은행잎,
잎잎이 단청을 놓아 황금 사원을 차렸던 집 앞 은행나무
한 그루

지금은 온몸에 화살이 박혀 맨몸으로 서있다

예불드리러 온 바람에게 당한 것일까?
아니다, 저 화살은 시간이 쏜 살이다

뿌리 내린 그 자리를 귀양지로 정하는 11월

바람이 화살을 흔들며
"네 죄를 네가 아느냐"고 묻는 듯
화살들이 몸을 비튼다

사방에 화두가 흩날린다

초록, 그 불안한 뒤척임이 청춘이었나
노란빛은 어디에서 왔을까?

이 갈색들은 모두 어디로 가기에

선문답의 계절이 와서
귀양지 절 한 채, 선 채로 동안거에 든다

흙길

흙길을 걸어
초례청도 없이
기와집으로 시집온 여자

여자의 전통적인 명칭은 씨받이

수군거림과 연민을 장식품으로 달고
딸 둘을 낳아 이름값을 못 한 여자가
어느 해 기와집에서 도망쳐
접어든 길도 포장도로로는 아니었던 듯

여전히 기구崎嶇의 언저리에서
풍문에 실려 온 여자의 기별은
언제 한번 만났으면 한다고

미처 이름도 모르는
여자가 나의 생모生母라는 건
동네가 다 아는 비밀이었네

흰죽

농부가 농부를 낳고 그 농부가 낳은 자식이지만

감칠맛 없는 흰쌀은
꼭 무명인 나 같아서
향신료 없이 꾸려온 내 가계의 내력 같아서
그 흰쌀로 끓인 흰죽은 결코 찾지 않을 작정이었다

세상 단맛, 신맛을 좇다 탈이 났을 때
내 혀가
그 어떤 맛도 받아들일 수 없을 때
고개를 숙이고
소리를 죽여
첫 젖을 물 때처럼
흰죽을 먹다 보면
내 눈가에 맺혔다 뚝 떨어지는 흰 죽사발

내 세포를 지은 가난이
떠나온 고향이
거기 흰죽으로 담겨 있어

낙엽 한 장

초록 손바닥을 힘차게 달리던

맑은 피는 말라버렸다

강물이 마른 자리에

햇살 무늬와 바람의 결이 어른거리고

비바람 치던 밤의 두려움과 흐린 날의 우울이

손바닥 안에서 아직 빠져나가지 못하고 바스락거린다

작은 벌레가 살림을 차렸던 자리는 구멍이 났다

생의 한때,

상처로 구멍 난 가슴이 메워지지 않듯이

너의 평생이 담긴 이 지도 한 장

가만히 들여다보는 일은

나의 끝 날을 불러와 보는 일

너의 손금을 따라가 본다

손금이 전부 바깥으로 뻗어있는 걸로 보아

너도 나처럼 가고 싶은 곳이 많았나 보다

허공에 매달려 있는 동안 너는

지상으로 내리고 싶었나

더 높이 오르고 싶었나

꺾이고 이어진 너의 길 위에서

방향을 찾는 건 언제나 나의 몫이다

다만 오늘 네가
가지를 잡고 있던 손을 툭 놓아버렸듯이
나도 어느 날
세상을 잡고 있던 손을 툭 놓아버릴 것이기에
네가 내 손을 꼭 잡아주는 가을이다

이연異緣

흐르지 못할 만큼 차고 시릴 때

강 가장자리 마음 가장자리 겹겹 얼음일 때

젖은 것만으로 모자라
단단히 결박한 마음을 너에게 보여 줄 게

이연異緣의 계절이네

겨울 산이 빈 마음을 찌르고
강 건너 불빛은 멀어 그리운

새가 허공을 짚고 있네
연緣이 닿지도
연緣이 다하지도 않은 그 사이
새는 대책 없이 파닥여야 하리
나는 대책 없이 아파야 하리

냉철한 시간의 손이
신열의 이마를 짚어
타는 심장의 온도를 짐작할 뿐

이명耳鳴

왼쪽 귀에서 사이렌이 울린다
한의원을 다녀오고
병원도 다녀왔지만
계속 울리는 사이렌
나만 들을 수 있는 소리이니
자세히 들어보기로 했다
"너무 까다롭잖아"
"욕심을 줄이는 건 어때"
짚히는 데가 있어 나는 나에게 사과했다
잔소리는 부쩍 상냥해졌다
잠들기 전에는
오늘 하루 수고 많았다고 소곤거린다
잠을 깨우는 법은 없다
참 기특한 경經

늪

분명 물의 시간인데
제 몸에 사는 수초들을 안고 가늘게 숨을 쉴 뿐

환幻 같은 새벽안개가 걷힌 늪은 얕고 누추
하다, 마치 조금씩 흘러들어 세월로 고이는
무료한 일상처럼

흐를 수도 머물 수도 없어
한 발 들여놓으면 평생이지
애와 증이 반반이면 헤어나올 수 없듯
한 발 빼면
한 발 빠지는 너와 나처럼

떠나온 계곡만큼 바다의 기약은 멀어
생각이 질펀히 드러눕는 곳

가둬버린 마음에는 출구가 없다

순간 바람이 오고
물이랑이 끝없이 퍼져나간다

\>

내 안의 늪이 꿈틀거린다

저기 햇살에 반짝이는 물이랑 아래
은빛 붕어가 살고 있음을 알기에

언젠가 저 수면을 박차고
튀어 오르리란 걸 알기에

밤비를 듣다

식은 노을이 먹물이 되어 내리는 거리를
자동차 불빛이 빗물을 튀기며 집으로 돌아가고
어둠을 빗금 치는 빗소리를
고개 숙인 가등이 사선으로 내려놓는다

나무와 어깨 접은 집들은
맨몸으로 검은 비를 맞아 철벅이는 밤의 걸음,
세상과 보폭이 맞지 않는
나의 걸음이 어둠에 절여져 절뚝인다

제 몸을 부수어 송곳이 되는 비처럼
무언가를 꿰뚫고 싶어 무작정 달려가던 심장의 때,
곧장 오는 비를 사랑하던 때는
지나버린 한때이어서

먼 기억을 불러 웅크린 방
타닥타닥 곡비가 된 창문이 나 대신 울어주는 밤에

어둠의 허물을 벗겨 내는 빗소리가
검은 풍경이 올리는 고해성사 같아서

잠 못 드는 귀가 먹먹해진다

밤비는 다 찬비여서

견인되다

요란한 모닝 벨이 끌고 온 아침
서둘러 바퀴를 굴리는 출근길
뒤통수를 치며 나타난 견인차가
도로를 끌고 질주한다
평평하던 속도에 회오리가 인다
난데없이 아침을 흔들어대는 서너 대의 견인차
바퀴와 바퀴 사이를 헤집는다
왱왱 허기진 사이렌 소리
차체의 반이 갈고리인 견인차
뒤쪽에 붙은 쇠줄이 쉴 새 없이 운전석을 때린다
이건 일등만 살아남는 게임이야
견인차 맥박이 가파르다
놀란 바퀴들 속도를 낸다
거친 도로에 바퀴의 살갗이 벗겨진다
벗겨진 살갗 위에 다른 살갗이 덧입힌다
검은 소름이 바퀴를 감는다
속도를 잃은 바퀴는 견인차에 바쳐지는 제물
순순히 갈고리에 묶인다
끌며 끌려가는 길
저승사자의 손아귀에 머리채 잡혀 끌려가는 하루
태양이 서쪽으로 견인될 때까지

그날의 커피

네 마음의 농도를 몰라서
밤새 뜨거운 마음을 기울여 쓴 편지가
스물의 책상 위에 쌓이던 어느 날

의식을 치르듯 마주 앉았지
미안한 너의 표정과
속을 알 수 없는 커피 잔이
나란히 놓인

오래 바라본 탓일까
김 오르는 잔이 흔들렸고
너무 멀었다, 손을 뻗기에는

'미운 건 오히려 나였어'
맴돌던 노랫말과 점점 창백해지던 불빛

이제 먼 풍경이 된 그날

그리움은 피의 온도로 기억을 데우는지
아직 식지 않았다, 그날의 커피는

쉰 해

오래 묵힌 술 단지에서 술을 푸 듯

내 속의 세월을 꺼내어보네
비 온 날, 바람 분 날, 햇볕 든 날, 흐린 날
모두 더하고 보니, 쉰 해

세월은 내게서
풋내 가라앉히고
떫은 맛 우려내고

쉰 해를 묵은 나는
누구도 쉬 점칠 수 없는 맛을 지닌
계급 없는 밀주라네
첫 노을에 발효되기 시작한 저무는 계절이라네

한 단지의 술을 익히려
쉼 없이 오르내리던 기포들이 뜸해지듯
내 안의 두근거림이 잠잠해진 오늘

불온한 사랑 노래 따위는 진부하고

어떤 비밀도 신비의 옷을 벗네

먼 곳을 꿈꾸던 마음이 돌아와
내 작은 집 창가에서 볕을 쬐네

이 작은 창가가 우주의 중심임을 이제야 알겠네

나, 이곳에서 맑아지고 깊어지려네

폭설의 이유

우리 동네 폐차 더미 위에
덕이자원 고물들 위에
그 옆 대우목공소 비닐 포장 위에
눈이
내려
쌓이니
온 동네가 한 가족 같네

깨진 유리창을 새로 만들어놓고
비닐 포장의 처진 어깨를 세워놓아

아! 흠이 없네

온 동네를 뒤덮은 이 희디흰 화장 밑으로
기미 낀 세월이 흐르고 있다 해도
이 화장이 지워지면
구구절절 얼룩이 다 드러난다 해도

폭설은
빗물로 씻어버릴 수 없는 것들 위에

내려 쌓이네
세월에
깊어진 골짜기를 다 메워 주네

우물에서 일어서는 나르킷수스

문종필(문학평론가)

> 나는 지금 집이 없습니다. 물론 화초도 없습니다. 그전 우
> 리 집 뒤꼍이 꽤 넓어서 화초가 많았습니다. 그러나 화초를
> 좋아하지 않았나 봅니다. 옥잠화라는 꽃이 있습니다. 미
> 망인 같대서 좋아합니다. 혹 그 꽃이 가다가 눈에 띄면 나
> 는 좀 점잖지 못한 눈으로 보는 버릇이 있습니다.*

1

이전의 관습이나 제도를 단숨에 넘어뜨리는 것을 우리는
혁명이라고 부른다. 혁명은 불꽃같은 투철한 형태를 지니고
있어서 무엇인가 강력한 이미지를 발산한다. 그래서일까. 이
단어를 마냥 좋아할 수 없다. 부조리한 것들에 혁명 정신을
쏟아내는 것은 아무런 문제가 되지 않겠지만 누군가가 애써
만든 결과물을 함부로 깨뜨린다면 어느 누가 좋아하겠는가.
모든 사람들이 혁명에 긍정적인 표정을 짓기 힘든 이유다.
그런데 이처럼 과격한 혁명'만'이 존재하는 것은 아니다. 어

---

* 이상, 「내가 좋아하는 화초와 내 집의 화초」, 『이상李箱 전집4』, 태학
  사, 2013, 163쪽.

떤 혁명은 내 안에 있는 아주 작은 것에서부터 시작한다. 지나가다 우연히 만난 여린 풀잎을 쳐다보며 친구들에게 섭섭하게 했던 지난날을 떠올리거나, 흔들리는 지하철 창문 너머 보이는 풍경을 바라보며 후회와 미련을 곱씹는 것도 하나의 혁명일 수 있다. 이와 같은 경험은 습관처럼 오랜 시간 굳어진 '나'의 인식을 새롭게 회전시켜 준다는 점에서 가치 있다. 어쩌면 이러한 발견이야말로 이곳의 삶을 새롭게 성찰할 수 있게 해주는 값진 자산이 아닐까. 혁명은 이처럼 보편적인 맥락에서 통용되는 일상적인 것과 만나기도 한다.

박인숙 시인도 마찬가지다. 그녀는 "바람을 안고 중력을 거슬러 오르는 연처럼/ 일상과 고도를 달리하여 만나게 될 내 안의 나"(「영종도 가는 길」)에 관심을 보인다. '나'보다는 내 안에 있는 또 다른 '나'가 꿈꾸는 가능성을 이야기하고 '나'의 슬픔과 고독을 토대로 조심스럽게 대상들과 만난다. 시인의 눈(目)은 젖어있어 함부로 슬픔을 떨치지 못하지만 그 누구보다도 눈물의 원인을 잘 알기에 대상을 함부로 꺾지 않는다. 그녀의 작은 두 손은 대상을 끌어안기에 적합하다. 그녀의 시는 이 지점에서 출발한다.

초록 손바닥을 힘차게 달리던

맑은 피는 말라버렸다

강물이 마른 자리에

햇살 무늬와 바람의 결이 어른거리고

비바람 치던 밤의 두려움과 흐린 날의 우울이

손바닥 안에서 아직 빠져나가지 못하고 바스락거린다

작은 벌레가 살림을 차렸던 자리는 구멍이 났다

생의 한때,

상처로 구멍 난 가슴이 메워지지 않듯이

너의 평생이 담긴 이 지도 한 장

가만히 들여다보는 일은

나의 끝 날을 불러와 보는 일

너의 손금을 따라가 본다

손금이 전부 바깥으로 뻗어있는 걸로 보아

너도 나처럼 가고 싶은 곳이 많았나 보다

허공에 매달려 있는 동안 너는

지상으로 내리고 싶었나

더 높이 오르고 싶었나

꺾이고 이어진 너의 길 위에서

방향을 찾는 건 언제나 나의 몫이다

다만 오늘 네가

가지를 잡고 있던 손을 툭 놓아버렸듯이

나도 어느 날

세상을 잡고 있던 손을 툭 놓아버릴 것이기에

네가 내 손을 꼭 잡아주는 가을이다

—「낙엽 한 장」 전문

이 시를 읽고 독자들은 어떤 반응을 보일까. 낙엽 한 장을
바라보며 시인이 이끌어낸 여러 감정들과 이 감정으로 인해

묻어 나온 파편들을 읽어 내려가는 과정에서 독자들은 어떤 생각을 할 수 있을까. 나는 이 시를 읽으면서 무엇인지 모를 강한 압박을 받는다. 손바닥만 한 낙엽을 통해 시인이 포착한 여러 흔적들을 셈하면서 무심코 지나쳤던 무수히 많은 낙엽들을 생각하게 된다. 더 나아가 곧 다가올 가을 풍경을 그리게 된다. 살아있는 시이다. 그런데 우리가 보다 관심을 가져야 할 것은 낙엽을 바라보며 '나'를 찾아가는 시인의 여정이지 않을까.

시인은 구멍 난 낙엽을 바라보며 메워지지 않는 상처를 떠올리고 바깥으로 뻗어나가는 낙엽의 형태를 응시하고선 삶의 방향에 대해 묻는다. 시인은 자신의 경험을 바탕으로 의도가 아닌 무의식의 측면에서 자신의 살갗을 덧씌웠던 것이다. 그러니 연민의 감정이 발동되어 대상을 살포시 안을 수밖에 없다. 나르킷수스가 강물에 비친 자신의 얼굴을 바라보고 오랜 시간 일어서지 못했던 것처럼 시인도 자신과 유사한 대상과 만났을 때 무심코 지나칠 수 없었던 것이다. 그녀의 이러한 창작 스타일은 대상을 바꿔가며 다양한 방식으로 변주된다. 예를 들어, 저녁상에 차려진 맛있는 음식을 먹기 위해 모인 가족들은 해맑게 웃으며 이야기하지만 배가 부르면 동시에 흩어진다. 이 빈 공간에 고독은 스며들고 시인은 이것을 붙잡아 안개 이미지로 형상화한다. 계절에 따라 변하는 들국화의 모습을 통해서는 울고 있는 자신을 발견하고, 하늘에서 내리는 비를 바라볼 때는 "무언가를 꿰뚫고 싶어 무작정"(「밤비를 듣다」) 달려가던 그때 그 시절을 떠올린다. 동시에

나를 대신해 울어주는 창문을 바라보며 시선을 돌리지 못한다. 시인은 아프다. 그녀가 고독하고 아픈 만큼 대상도 애잔하게 다가온다.

네 마음의 농도를 몰라서
밤새 뜨거운 마음을 기울여 쓴 편지가
스물의 책상 위에 쌓이던 어느 날

의식을 치르듯 마주 앉았지
미안한 너의 표정과
속을 알 수 없는 커피 잔이
나란히 놓인

오래 바라본 탓일까
김 오르는 잔이 흔들렸고
너무 멀었다, 손을 뻗기에는

'미운 건 오히려 나였어'
맴돌던 노랫말과 점점 창백해지던 불빛

이제 먼 풍경이 된 그날

그리움은 피의 온도로 기억을 데우는지
아직 식지 않았다, 그날의 커피는

—「오늘의 커피」 전문

너의 마음을 잘 몰라서 밤을 지새웠다고 시인은 고백한다. 시인은 대상에게 다가가기 위해 애썼던 것이다. 그 대상이 이 시에서는 커피로 명명되지만 명명 대상은 중요하지 않다. 그보다 더 의미 있는 것은 화자가 대상을 오래도록 쳐다본다는 점이고, 이 행위 이면에는 '나'의 감정이 섞여 있다는 점이다. 이 흐름이 강하면 강할수록 '나'는 부각된다. 앞서 시인의 살갗에 붙은 여러 흔적들을 상기해 본다면 이 흐름을 충분히 이해할 수 있을 것이다. 그런데 화자는 어느 순간 이 행위를 더 이상 지속하지 않는다. 아쉬움과 섭섭함을 뒤로 미루고 이제는 진정한 '나'를 찾는다. '미운 건 오히려 나였어'라고 말하며 내 안에 있는 새로운 가능성과 조우한다. 시인은 이 작업을 온 생애에 걸쳐 완성했을 것이다. 여전히 관성慣性은 작동하겠지만 화자는 "이제 먼 풍경이 된 그날"에 더 이상 미련을 두지 않을 것 같다. 그런데 시인에게 '그날'은 어떤 날일까. 시인의 발목을 붙잡았던 '그날'은 얼마나 아팠던 것일까.

2

과거를 회상回想한다는 것은 무엇일까. 지금 여기가 아닌 지난날을 떠올린다는 것은 무엇일까. 희망을 꿈꾸는 것은 이곳에 희망이 없기 때문에 노래하는 것이다. 희망이 넘치는 장소에서 희망은 노래되지 않는다. 그렇다면 이러한 맥락에서 지난날을 잊지 못한다는 것은 '그날'에 대한 회한과 미련이 남았기 때문이 아닐까. 치유되지 못한 상처를 이야기한다는 것은 여전히 상처가 아물지 못했음을 의미하는 것이지 않을까. 희망을 노래하지 않는 것이 희망적인 것처럼 화자에게 과거에 대한 고백은 여전히 치유되지 못한 상처로 다가온다. 그녀가 이 시절을 잊으려고 노력하면 노력할수록 "떠나온 고향"(『흰 죽』)은 더 짙게 밀려온다.

나는 겨울생이다
겨울에 뿌리를 내리고
봄으로 모가지를 뽑는 쑥처럼

나를 낳은 기와집은 집 안에서 성리학 냄새가 났다

갈색 덤불 속 고집 센 풀을 캐러 다닐 열 살 무렵
기와집이 한약을 달이기 시작했고
대청마루 끝에서 등 굽은 할아버지가 붉은 것을 토했다
그해 겨울,
처마에 걸린 조등吊燈이 추워 보였다

덩달아 집의 기둥을 뽑아 대처로 나간 아버지
돌아오지 않았다
집은 망부가를 부르기 시작했고
흔들리던 집은 농협으로 넘어갔다

여자 삼대는 도시의 극빈층으로 이삿짐을 꾸렸고
쑥은 고향에 남았다

쑥쑥 자라지 못해 키 작은 어른이 된 나는
살면서 늘 한약 냄새가 그리웠다
윤기도 찰기도 없는 쑥버무리 같은 날에는
한약 냄새 나는 쑥 캐러 간다, 기억 속 그곳으로

　　　　　　　　　　　　　　—「쑥 이야기」 전문

　시인은 남도의 어느 산골 마을에 있는 "꽤 훤칠했던 집"
(「기와집」)에 살고 있었나 보다. 그러던 어느 날 할아버지는 돌
아가시고 아버지도 집을 떠나 돌아오지 않는다. 그 이후로 소
쩍새는 밤새도록 눈물을 흘리고 이 기와집은 금방 풀이 죽게
된다. 여기서 소쩍새의 울음은 화자 본인의 눈물이겠다. 이
러한 사정 때문일까. 우리는 이 시에서 힘겹게 이사를 해야만
했던 화자의 사정을 어렵지 않게 짐작할 수 있고 궁핍한 시대
를 살아가며 시를 써야 했던 무명 시인의 삶을 떠올리게 된
다. 이런 시와 마주할 때면 해설이 불필요하다고 생각된다.
언어가 침묵으로 바뀌기 때문이다.

　3

　한 살배기 아이를 가슴에 품고 떠밀리는 듯 이사를 해야

만 했던 화자의 이야기를 듣고 있으면 가슴이 메어온다. 고향을 떠나 서울로 이사해 반지하 전셋집에서 살아야 했던 날들. 그곳에서 십 년을 노모와 함께 살았지만 다시 노모 홀로 이사하는 것을 지켜봐야 했던 날들은 산다는 것이 무엇인지 묻게 만든다. 아래의 시에서 "십 년쯤 지나 노모는 홀로 먼 이사를 갔지"라는 문장은 시어머니의 죽음을 의미한다. 이곳의 생이 너무나 힘겨웠던 것일까. 화자는 이곳으로부터 멀리 벗어나 노모가 서있는 '그곳'을 다음과 같이 쓴다. "더 이상 두려움을 꾸렸다 풀었다/ 하지 않아도 되는 곳"이라고 말이다. 이생의 삶이 그만큼 버거웠음을 의미한다. 이 무게를 「먼 이사」는 담고 있다.

가난을 포장하여 이삿짐센터에 맡겼지
두려움은 더 꼭꼭 포장하였으나
이삿짐센터에 맡길 수가 없어
품속 아이와 함께 꼭 끌어안고
서울행 기차에 올랐지
기차 속 노모의 주름살이 덜컹일 때마다
한 살배기 아이가 칭얼댔지

남쪽에서도 추웠던 살림살이
북쪽에 펼쳐놓으니
삼월 꽃샘추위에
반지하 전셋집이 오들오들 떨려왔지

십 년쯤 지나 노모는 홀로 먼 이사를 갔지

손때 묻은 수첩이며
비상금 넣어둔 지갑
추억 하나 챙기지 않고

우리는 다시 이사를 하며
노모가 이사 간 그곳은
더 이상 두려움을 꾸렸다 풀었다
하지 않아도 되는 곳일 거라며

이삿짐 속에 궁금함과 그리움을 함께 꾸렸지

—「먼 이사」전문

　이 시 이외에도「흙길」은 보다 더 무겁게 다가온다. 그 이유는 자신의 엄마가 "씨받이"였다고 고백하고 있기 때문이다. 그래서 시인은 엄마의 이름과 향기를 기억하지 못한다. 그녀는 자신의 엄마를 '엄마'라고 부르지 않는다. "흙길을 걸어/ 초례청도 없이/ 기와집으로 시집온 여자"라고 말할 뿐이다. 엄마를 '여자'라고 말할 수밖에 없는 화자의 마음을 온전히 공감하기란 쉽지 않겠지만 그녀의 어깨를 자연스럽게 토닥이게 된다.「흙길」을 읽어보기로 하자.

　흙길을 걸어

초례청도 없이
기와집으로 시집온 여자

여자의 전통적인 명칭은 씨받이

수군거림과 연민을 장식품으로 달고
딸 둘을 낳아 이름값을 못 한 여자가
어느 해 기와집에서 도망쳐
접어든 길도 포장도로는 아니었던 듯

여전히 기구崎嶇의 언저리에서
풍문에 실려 온 여자의 기별은
언제 한번 만났으면 한다고

미처 이름도 모르는
여자가 나의 생모生母라는 건
동네가 다 아는 비밀이었네

—「흙길」전문

4

　온전히 슬픔을 겪어본 사람은 안다. 아픔이 깊이가 어떠한
지를 말이다. 수치로 슬픔을 재단하는 것은 불가능하겠지만,

슬픔을 온전히 통과해 본 사람은 타자의 아픔을 함부로 언급하지 않는다. 눈물을 흘리고 있는 대상에게 다가가 조심스럽게 그의 눈을 바라보며 함께 눈물을 흘릴 뿐이다. 시인은 그런 사람이다. 그래서인지 몰라도 이 시집에 담긴 따뜻한 시편은 인위적이지 않다. 그녀의 욕심 없는 마음이 시를 경유해 언어로 아름답게 표현된다. 이런 시들과 마주할 때면 좋은 시의 기준은 쓰러진다. 좋고 나쁘고를 따질 수 없고 박인숙 시인의 진솔한 이야기만이 남는다.

오래 묵힌 술 단지에서 술을 푸 듯

내 속의 세월을 꺼내어보네
비 온 날, 바람 분 날, 햇볕 든 날, 흐린 날
모두 더하고 보니, 쉰 해

세월은 내게서
풋내 가라앉히고
떫은 맛 우려내고

쉰 해를 묵은 나는
누구도 쉬 점칠 수 없는 맛을 지닌
계급 없는 밀주라네
첫 노을에 발효되기 시작한 저무는 계절이라네

한 단지의 술을 익히려

쉼 없이 오르내리던 기포들이 뜸해지듯

내 안의 두근거림이 잠잠해진 오늘

불온한 사랑 노래 따위는 진부하고

어떤 비밀도 신비의 옷을 벗네

먼 곳을 꿈꾸던 마음이 돌아와

내 작은 집 창가에서 볕을 쬐네

이 작은 창가가 우주의 중심임을 이제야 알겠네

나, 이곳에서 맑아지고 깊어지려네

—「쉰 해」 전문

    이 시는 너무나도 잔잔하게 울려 퍼진다. 힘겨운 세월을 살아낸 화자의 욕심 없는 삶이 따뜻하게 전해져 오는 것 같다. 힘겹고 지겨웠던 오늘의 일상이 조심스럽게 물러나는 듯하다. 다른 시를 읽어보기로 하자.

우리 동네 폐차 더미 위에

덕이자원 고물들 위에

그 옆 대우목공소 비닐 포장 위에

눈이

내려

쌓이니

온 동네가 한 가족 같네

깨진 유리창을 새로 만들어놓고

비닐 포장의 처진 어깨를 세워놓아

아! 흠이 없네

온 동네를 뒤덮은 이 희디흰 화장 밑으로

기미 낀 세월이 흐르고 있다 해도

이 화장이 지워지면

구구절절 얼룩이 다 드러난다 해도

폭설은

빗물로 씻어버릴 수 없는 것들 위에

내려 쌓이네

세월에

깊어진 골짜기를 다 메워 주네

—「폭설의 이유」 전문

　화자는 마을에 내리는 폭설을 바라보면서 "빗물로 씻어버리 수 없는 것"을 덮어주는 마법에 감탄한다. 이 시를 읽는 독자들도 어느 순간 폭설이 내리는 계절로 순간 이동하게 된다. 한여름에 겨울을 만나는 것이다.

5

박인숙 시인은 삶 속에서 시를 만든다. 누구나 삶 속에서
시를 만들지만 그녀가 만든 언어는 거짓과 상상이 뒤로 밀려
난 지점에서 진정성을 확보한다. 기교도 기교에서 끝나는 것
이 아니라 삶을 통과한 기교를 선보인다. 기교에 삶을 비빈
후, 기교와 삶을 동일하게 만든다. 그러니 어떻게 이 시를 좋
지 않다고 평할 수 있겠는가. 내가 이 언어에 관심을 가질 수
밖에 없는 이유는 진정성 때문이다. 이러한 측면에서 그녀의
시는 자신만의 목소리를 내고 있다.

> 매일 배달되는 한 장의 검은 도화지 속으로
> 망설임 없이 걸어 들어가는 사내
> 풍경은 아직 잠들어 있다
> 그는 우직하고 유능한 화공
> 여백을 만들면 저절로 풍경이 떠오를 것을 안다
> 어둠을 쓸어 담는 그의 붓끝은
> 꽃잎이 떨어지며 눈물지은 자리를 지우고
> 누군가 쏟아낸 속 쓰린 사연을 헤아린다
> 수행자가 되어
> 중생들의 꿈자리가 가지런할 수 있도록

일상의 비듬을 말끔히 털어내는 그의 붓질에

보도블록의 반듯한 이목구비가 떠오르고

거리의 등뼈가 곧게 선다

그의 굽은 등이 차례차례 일으켜 세우는

가로수와 가로등과 첫차와 발걸음 소리

수묵의 세상이 완성될 즈음

홀연 화폭에서 사라지는 형광색 조끼

―「화공畵工」전문

　이 시에서 우리는 '화공'이 누구인지 잘 안다. 하지만 그녀
는 이 대상에게 함부로 연민을 발산하지 않는다. 대신에 움
직임'만'을 잡아낸다. 그래서 이 시를 읽는 것은 즐겁고 '화공'
을 정말로 '화공'으로 바라보게 된다.

진달래가 저희끼리 피었다 지고

늦가을에야 정체를 드러내는 억새가 자리 잡은 곳

햇볕이 가장 늦게 들었다가 일찍 떠나버려

여기는 응달이기 일쑤다

지금 응달인 사람들,

편의점 아르바이트 야간조로 일 나간 아들과

조기 퇴직한 가장은 주머니에 손을 넣고 길을 나섰다

오십견 온 가정 경제 때문에

손을 빠져나간 뷔페 접시가 쨍그랑 바닥을 쳐서

마음의 비탈이 가파를 때 설움이 기대는 곳

먼 데 돌아온 바람이 지친 다리를 풀고
주저앉은 무덤 위에 고약 같은 청 이끼가 앉은

이 그늘진 비탈은

응달에서 살다가 응달로 온 사람의 묘처럼
쓸쓸하지만

시간은 고요를 길러 기슭을 달래지

—「기슭」 전문

박인숙 시인의 첫 시집 『침엽의 생존 방식』은 따뜻하고 고
요한 시집이다. 그의 눈빛이 따뜻할 수밖에 없는 이유는 그
녀의 삶 자체가 진득했기 때문이다. 그녀는 위의 시처럼 우리
에게 '기슭'이 되어준다. 누군가의 진솔한 이야기에 대해 우
열을 가리는 것은 무의미하다. 이름을 얻은 시인이나 이름을
얻지 못한 시인이나 큰 차이가 없다. 시인은 시인일 뿐이다.
독자들께서는 박인숙 시인의 시집을 느리게 천천히 읽어주시
길 바란다. 후회하지 않을 것이다.

천년의시인선

0001 이재무 섣달 그믐
0002 김영현 겨울 바다
0003 배한봉 黑鳥
0004 김완하 길은 마을에 닿는다
0005 이재무 별초
0006 노창선 섬
0007 박주택 꿈의 이동 건축
0008 문인수 홰치는 산
0009 김완하 어둠만이 빛을 지킨다
0010 상희구 숟가락
0011 최승헌 이 거리는 자주 정전이 된다
0012 김영산 冬至
0013 이우걸 나를 운반해온 시간의 발자국이여
0014 임성한 점 하나
0015 박재연 쾌락의 뒷면
0016 김옥진 무덤새
0017 김신용 부빈다는 것
0018 최장락 와이키키 브라더스
0019 허의행 0그램의 시
0020 정수자 허공 우물
0021 김남호 링 위의 돼지
0022 이해웅 반성 없는 시
0023 윤정구 쥐똥나무가 좋아졌다
0024 고 철 고의적 구경
0025 장시우 섬강에서
0026 윤장규 언덕
0027 설태수 소리의 탑
0028 이시하 나쁜 시집
0029 이상복 허무의 집
0030 김민휴 구리종이 있는 학교
0031 최재영 루파나레라
0032 이종문 정말 꿈틀, 하지 뭐니
0033 구회문 얼굴
0034 박노정 눈물 공양
0035 서상만 그림자를 태우다
0036 이석구 커다란 잎
0037 목영해 작고 하찮은 것에 대하여

0038 한길수 붉은 흉터가 있던 낙타의 생애처럼
0039 강현덕 안개는 그 상점 안에서 흘러나왔다
0040 손한옥 직설적, 아주 직설적인
0041 박소영 나날의 그물을 꿰매다
0042 차수경 물의 뿌리
0043 정국희 신발 뒷굽을 자르다
0044 임성한 이슬방울 사랑
0045 하명환 신新 브레인스토밍
0046 정태일 딴못
0047 강현국 달은 새벽 두 시의 감나무를 데리고
0048 석벽송 발원
0049 김환식 천년의 감옥
0050 김미옥 북쪽 강에서의 이별
0051 박상돈 꼴찌가 되자
0052 김미희 눈물을 수선하다
0053 석연경 독수리의 날들
0054 윤순영 겨울 낮잠
0055 박천순 달의 해변을 펼치다
0056 배수룡 새벽길 따라
0057 박애경 다시 곁에서
0058 김점복 걱정의 배후
0059 김란희 아름다운 명화
0060 백혜옥 노을의 시간
0061 강현주 붉은 아가미
0062 김수목 슬픔계량사전
0063 이돈배 카오스의 나침반
0064 송태한 퍼즐 맞추기
0065 김현주 저녁쌀 씻어 안칠 때
0066 금별뫼 바람의 자물쇠
0067 한명희 마른나무는 저기압에가깝다
0068 정관웅 바다색이 넘실거리는 길을 따라가면
0069 황선미 사람에게 배우다
0070 서성림 노을빛이 물든 강물
0071 유문식 쓸쓸한 설렘
0072 오광석 이계견문록
0073 김용권 무척
0074 구회남 네바강의 노래

0075 **박이현** 비밀 하나가 생겨났는데

0076 **서수자** 아주 낮은 소리

0077 **이영선** 도시의 풍로초

0078 **송달호** 기도하듯 속삭이듯

0079 **남정화** 미안하다, 마음아

0080 **김쩸마** 길섶에 잠들고 싶다

0081 **정와연** 네팔상회

0082 **김서희** 뜬금없이

0083 **장병천** 불빛을 쏘다

0084 **강애나** 밤 별 마중

0085 **김시림** 물갈퀴가 돋아난

0086 **정찬교** 과달키비르강江 강물처럼

0087 **안성길** 민달팽이의 노래

0088 **김숲** 간이 웃는다

0089 **최동희** 풀밭의 철학

0090 **서미숙** 적도의 노래

0091 **김진엽** 꽃보다 먼저 꽃 속에

0092 **김정경** 골목의 날씨

0093 **김연화** 초록 나비

0094 **이정임** 섬광으로 지은 집

0095 **김혜련** 그때의 시간이 지금도 흘러간다

0096 **서연우** 빗소리가 길고양이처럼 지나간다

0097 **정태춘** 노독일처

0098 **박순례** 침묵이 풍경이 되는 시간

0099 **김인석** 피멍이 자수정 되어 새끼 몇을 품고 있다

0100 **박산하** 아무것도 묻지 않았다

0101 **서성환** 떠나고 사라져도

0102 **김현조** 당나귀를 만난 목화밭

0103 **이돈권** 희망을 사다

0104 **천영애** 무간을 건너다

0105 **김충경** 타임캡슐

0106 **이정범** 슬픔의 뿌리, 기쁨의 날개

0107 **김익진** 사람의 만남으로 하늘엔 구멍이 나고

0108 **이선외** 우리가 뿔을 가졌을 때

0109 **서현진** 작은 새를 위하여

0110 **박은숙** 침엽의 생존 방식